KB270476

지금, 사랑을 생각하다

지금, 사랑을 생각하다

지금, 사랑을 생각하다

노금선 시집

인쇄일 | 2025년 09월 15일
발행일 | 2025년 09월 19일

지은이 | 노금선
펴낸이 | 김영빈
펴낸곳 | 도서출판 시아북(詩芽Book)

출판등록 | 2018년 3월 30일
주소 | 대전광역시 동구 선화로214번길 21(3F)
전화 | (042) 254-9966
팩스 | (042) 221-3545
E-mail | siab9966@daum.net

값 12,000원

ISBN 979-11-94392-46-0(03810)

지금, 사랑을 생각하다

노금선 시집

지금, 사랑을 생각하다

어느 순간부터
사랑은 누군가를 향한 설렘이라기보다
내 안의 기억을 따뜻하게 쓰다듬는
일이 되었습니다

사랑은 젊은 날의 특권만은 아닌,
이제는 기다림처럼 조용하고, 시든 꽃을 바라보듯 아련하며,
가끔은 이름 없는 고마움으로 피어납니다

사랑을 생각하며 써 내려간 이 시집은
지나온 시간의 발자국이고
이 순간 내 안에 아직 살아있는 사랑의 체온입니다
지금 사랑을 하고 있는 게 아니라
사랑을 생각하는 나이
그런 나에게 시는 여전히 다정한 연인이 되어 줍니다

이 시집이 누군가의 마음에도
지금의 사랑 한 줌이 되기를 소망해 봅니다

2025년 09월

노금선

4부
산에게 묻다

지금, 사랑을 생각하다

노금선 시집

1부
봄날은 간다

봄꽃은 걸어서 옵니다

봄볕이 며칠 뒤뚝대더니 봄비가 내렸습니다
꽃망울에 도착한 봄이
각지의 순서대로 수선화, 목련꽃을 내밀고 있습니다

온갖 나무들이 제 안에 길을 내고
꽃을 보내는 계절입니다
걸음마 시작한 아이처럼 뿌리에서 줄기로 가지로
걸음을 옮기는 것입니다
바라보고만 있어도
아장아장 걸어 나온 꽃이 대견합니다

이 봄날을 내 생애 몇 번 더 만날 수 있을는지요
호젓이 봄비 맞으며 걷다보니
나 또한 어딘가로 꽃 피우러 가는 것만 같습니다
때가 되면 몸에게도 새봄이 올 것이니
아름다운 추억에 씨앗을 묻어둡니다

오라 사랑아

앞산에는 아카시아가 많아서
그 꽃향기가 온 마음을 휘감는구나
눈처럼 날리는 꽃으로 오너라
언제 어디서든 너를 만나는 날은
향기가 자욱한 초여름,
탐스러운 꽃의 가장귀 꺾어서
꿈을 떼어먹고 싶구나

새들은 조랑조랑 지저귀고
바람은 빙 둘러 속살거리고
나무는 어우러져 늘어서 있고
구름은 비릿한 젖내를 풍기니

우리도 가끔씩 불어오는 바람에 실려 가자
사랑한다 사랑하지 않는다
사랑한다 사랑하지 않는다
한 잎 한 잎 떼어내며
사랑 점을 쳐보자

아카시아 꽃 시득시득 떨어질지라도
오늘만은 참 아름다웠노라
사랑의 가시에 찔러 따갑너라노
그래서 행복하였노라 고백하자

봄은 슬프다

산책로에서 본 꽃봉오리 팽팽한 모란 하나
보름 뒤 다시 찾으니
바닥에 흩어진 꽃잎뿐이었다

가장 화려한 모습으로
그러나 오래 머물지 못한 모란
그 붉은 꽃잎들은
오월의 한때에 바쳐진 것인지

사람의 일생이 그와 같다면
모란은 꽃을 피운 게 아니라
꽃으로 기거하다 간 것이다

생명의 탄생은 우연이지만
죽음은 필연이 아닐까
소멸이 있어야
세상에 나올 인과가 생기므로

묵은 가지에서 새 순을 틔우는 모란
몰려드는 개미를 마다하지 않는다

잠시의 고통쯤은
꽃이 되는 길목이라 여긴 듯

봄은 사라지는 것들의
사랑이고 환희고 축복이다

그래서 봄은 슬프다
슬퍼서 봄은 끝까지 피어나려 한다

모란이 사라진 산책로,
이제는 작약이 눈에 들어온다

주먹밥

학교에서 돌아와 부뚜막 밥상보 들추면
언제나 주먹밥 한 덩이,
된장에 풋고추를 곁들여
허기보다 마음을 먼저 씹었다

그 무렵 우리는 잘 뭉쳤다
족히 한 시간 정도 걸어 그의 집으로 향했다
집이 가까운 친구들은 벌써 와 있었다
대학을 쉬고 고향으로 내려온 그가
우리에게 처음 들려준 세상은
라디오보다 생생했고 신문보다 뜨거웠다

시골의 하루는
이장네 라디오 하나에 기대 살았고
우린 귀를 기울이며 말 없는 질문을 품곤 했다

그는 정치의 계절을 이야기했고
시대의 격랑을 들려주었고
우리의 가슴은 들불처럼 뛰었다

그래서 4월의 어느 날
우리는 손에 손을 걸고 읍내로, 더 큰 세상으로 걸어 나갔다
스크럼을 짜고
구호를 외치고
이장도 어르신들도 뒤따르며 함성을 높였다

거리의 파도 속에서 우리는 하나의 덩어리
허기를 견디는 주먹밥처럼
서로를 버틸 수 있는 힘으로 삼았다

그날 우리는 서로의 주먹밥이 되어
자유를, 유신을 외쳤다

봄날은 간다

연분홍 치마가 휘날리는 것이 아니라
노란 개나리가 만발한 게 아니라
까맣게 타버린 산과 들에
그을음만 공허하게 떠돌 뿐이다

이맘때 남쪽에서 벚꽃이 올라와야 하지만
그보다 먼저 포탄 같은 불씨가 번져와
잿가루를 하늘에 흩뿌리고 있다

아무도 없는 잿더미 속
목쉰 울음이 남아 서성일 때
부스러지는 슬픔을 생각해 보게 된다

걷기조차 힘든 강풍에 번져가는
불길을 TV에서 보다가,
어쩌면 봄도 건너올 수 없어
화마에 묻힌 건 아닐까 싶다가도
끝내 일어설 거라는 기대를 가져 본다

산불은 봄이 피운 게 아니라
부주의라는 불씨가 틔운 것이므로

이 봄날은 죄가 없다

검게 그을린 집터 위로
처연한 봄날은 간다

이 슬픈 이야기를 누가 기억할까

난데없는 한파에 폭설까지 내린 날, 깜박이는 비상등과 사이렌 소리가 눈 쌓인 거리를 몰아친다 사고 차량 앞 피로 물든 아이를 붙들고 오열하는 여자를 구급요원이 급히 떼어낸 뒤 병원으로 질주해 간다 소리 없이 퍼붓는 눈발 속 결국 실신한 여자를 업고 차에 오르는 남자, 도로변 서서 바라보는 사람들도 고립된 슬픔에 자리를 뜨지 못한다

죽은 아들은 결혼 7년 만에 얻은 2대 독자였다 모처럼 가족이 외식하고 식당에서 나오자마자 눈이 온다고 좋아하며 먼저 뛰어나온 아이를 미처 보지 못한 차가 치어 그대로 숨을 거둔 것이다 여자는 창밖만 바라보다 실어증 환자가 되었고 직장도 그만둔 남자는 술로 지내는 밤이 이어졌다 차마 치워지지 않은 아이의 장난감이 거실 한편에 덩그러니 남았다

다시 봄은 오는데 잃어버린 그날을
누가 다시 돌려놓을 수 있을까
누가 기억할 수 있을까

그래도 계절은 흐른다 땅속 어디선가 새싹이 바동거리면
한 번쯤은 창문을 열어야 하는 날이 올 것이다 신발장 속,
더 이상 자라지 않는 운동화가 천천히 바래지는 동인

바람이 불었다 선반 위에 놓여 있던 장난감이 툭, 바닥으
로 떨어진다 작은 바퀴가 데굴데굴 굴러가 베란다 앞, 문틈
에 멈춰 있다 바람이 샌다 틈 사이로 스며 나온 희미한 소리

그만 잊어도 돼요
그러는 게 좋아요

한 번쯤은, 정말 한 번쯤은.

하나의 빛에 둘이

흰 백합이 가느다란 꽃병에 꽂혀 있다

여자는 제 안이 바스락거릴 때마다
물을 갈아주었다 마치 꽃의 시듦이
고스란히 무게로 전해질 것처럼
둘이 되는 빛과 향기를 지켜 왔다

산다는 일이 채우는 게 아니라
비워내는 것인 줄 알아
날마다 기도로 새벽을 열었다

백합이 방 안의 섬이라면
여자는 그 섬 향해 마음을 낸 사람
창문처럼 투명하게 글썽이기도 하지만

여자 안에 갇혀 있는
새들은 이제 날아야 한다
활짝 열어 줘야
높이 더 높이 날아갈 수 있다

열린 창과 섬이 놓인 자리
여자가 등대처럼 서 있다

그제야 꽃부리 전체가 활짝 열린다

깨진 항아리

지난봄 버릴 곳이 마땅치 않은 깨진 항아리를
꽃밭 귀퉁이에 두었다 그리고 잊었다

어느 날 나와 보니
그 안에 빗물이 고이고 흙먼지가 쌓여
노란 민들레가 자리 잡고 있었다
항아리 조각이 그럴듯한 장식품 되어
어느결에 바람과 구름을 배경에 걸어두었다

올여름 장마가 한 차례 지나가더니
깨진 항아리 위에 흙도 더 수북하게 쌓였고
꽃씨 풀씨도 날아와 조화를 이뤘다

버려지고 보잘것없는 것들도
서로 의지하며 꽃을 피우는데,
마을은 경계석 세우고 담을 쌓는 데에
소란을 피운다

나도 어느 때엔가는
나 자신을 내려놓고 낱낱의 마음으로

베풀며 나누며
쓸모 있게 살다 가고 싶다

깨질 나를 받아줄 세상의 꽃밭이 있을 것이다

4월 들길에 서서

4월
시골길에 서서 잠시 눈 감아보면
나의 옛일도 샛길이 되어 드러난다
연둣빛과 초록이 모자이크된 길
싱그럽게 코끝 스며드는 열한 살,
풀꽃을 꺾어 머리에 꽂아도 보고
양털 구름 위로 넘어가는 태양을 보다

눈이 부서 다시 눈감았다 뜨면
바람과 나무와 들꽃이 스무 살 언덕에 있다
길가 흐드러진 쑥을 땄더니 손끝에 쑥 향기,
물씬 서른 살에 가 있다 그 많은 4월이
나를 데리고 여기까지 왔다니

돌이켜보면 구름 한 점 없는 사랑이었다
마음은 그 아래 녹음 짙은 산이었고
감정은 사시사철 틔우는 꽃눈이었다
어느 날 하나가 된 우리
사랑이 와서 머무는 그때만큼은
세상 모든 길이 내게 닿았다

나이를 헤아려 무엇하며
세월을 헤아려 무엇하리
지금 이 순간 이 열정이
기쁨이고 청춘이고
나의 4월인 것을

오월에 만난 황혼의 사랑

오월은 여전히 꽃을 피우고
바람을 불러 오지만
이제 나는
그 찬란함을 다 안 뒤의 고요로 서 있습니다
햇살은 부드럽고
바람은 덜 뜨겁고
사람의 말보다 눈빛이 먼저 닿는 나이

그때, 그대가 왔습니다
바로 그날의 하늘빛처럼
조용히, 그러나 내 마음 전부를 흔들며
나는 다시 사랑이 무엇인지 생각하게 되었습니다

이 나이에 무슨 사랑이냐는 말 대신에
이 나이라서 가능한 사랑도 있다는 걸
나는 그대를 통해 배웠습니다
조급하지 않고, 흔들리지 않으며
서로의 지난 계절을 묵묵히 받아주는 따뜻함

그대와 함께 걷는 오월의 저녁 길은
젊은 날보다 더 향기롭고
디 오래 남을 깃 긑습니다

꽃이 봄날에만 피는 줄 알았습니다
그러나 이제 알았습니다
황혼의 오월에도
꽃이 다시 피어난다는 것을

오월 아카시아

비에 젖은 산야가 신비롭다
운무에 가려진 계곡의 물소리 요란한 듯싶더니
점점 꿈속처럼 아득해진다
나는 천천히 아카시아 향기가 내어준 길 따라 걷는다

아카시아 꽃잎을 따서 한 움큼 입 안에 넣어본다
감미로운 고향과 첫사랑의 내음,
시골 아이들의 허기를 달래주던 자연의 간식이다

나무가 숲을, 숲은 산을 품어 짙은 초록이 어려 있다
코끝마저 촉촉이 향기를 머금게 하는 단비,
그리고 바람 따라 융단처럼 너울대는 우듬지들
나도 마치 나무로 서 있는 느낌이다

신록의 숲 한가운데 앉아 있으려니
오월처럼 밝고 명랑했던 아이가 생각나 눈물이 솟는다
가난한 집에 태어나 가난 속에 살았지만 티 없이 맑았던 아이
급성폐렴으로 끝내 목숨을 잃고 말았다
아이의 엄마는 실신했고

젊은 아빠조차 떨어지는 눈물 감추지 않은 채 관 뚜껑을
닫으며 흐느꼈다
우리는 하얀 천에 쌓인 조그마한 나무 상자를 따라
화장터까지 갔었다
아카시아 꽃향기와 온갖 나무들이 어우러진 작은 숲길을 돌아
아이가 한 줌 재 되어 강가에 뿌려질 때
우리는 모두 흐느끼고 있었다
그때 어디선가
아카시아 향기가 묻어왔다
어쩌면 그 아이의 죽은 넋이
꽃이 되어 다시 돌아올지도 모른다고 생각했다

지금은 다시 오월
초록과 하얀색으로 번져가는 그리움의 강줄기가
가슴속 시냇물 되어 흐르는 계절이다

3월이다

말하자 봄이 왔다
꽃샘추위 시샘을 견뎌내고
꽃들이 하나둘 봉오리를 내밀고 있다
여기저기 봄볕이
금가루를 뿌린다
노란 개나리 노란 병아리
노오란 수선화
노랑 노랑
봄의 대명사다

나이를 먹을 만큼 먹으니
두툼한 겨울옷을 입고도 몸은 움츠려진다
생명이 약동하고 희망이 부푸는데
감성은 아직 썰렁하다
편의점처럼 감성을 파는 곳이 있었으면 좋겠다
얼마든지 사서 섭취하면
자극이 되살아나
기막힌 시 한 편이 나오면
얼마나 기쁠까

이런 생각이 퍼뜩 떠올라
자판의 커서가 두근거리는
나의 3월이다

봄비가 내린다

사월은 참 변덕스러워
활짝 꽃을 피웠다가 심술궂게
눈보라와 비바람을 부르기도 한다

빗속에서 아주 처연한 모습으로 벚꽃이 다녀가면
이별은 서둘러 골진 슬픔으로 져 흐른다

그해 봄날도 그랬다
노란 개나리처럼 피어나던 열여섯 나이에
코로나의 기습으로 폐렴 속에 져버린 아이
엄마는 실신해 주저앉고
응급실 바닥에서 내퍼붓는 소나기처럼 울던 아버지

유골함을 안은 채 고향 뒷산을 오를 때
흐드러지게 피어있던 꽃들이 봄비에 젖은 채
한 잎 두 잎 지고 있었다 흘러내린 자리로
꽃물결이 끝없이 이어졌지

그때부터였을까 봄비 내리면
아버지는 우산도 없이 산에 올라 오래 걸었다

비척비척 걸었던 길 위로,
꽃잎이 다시 흩날렸다

이듬해 봄도 비와 함께 꽃들이 처연히 지고 있었다

봄 햇살처럼

나이를 먹는다는 건 세월을 먹는 일이고
그만큼 살이 찐다는 이야기이다
살이 찌면서 잠이 늘고 게을러지고
머리는 점점 거북이처럼 느리게 회전된다
조금 전 일도 잊어버리고 책을 보고 돌아서면 기억도 안 나고
시장 골목길에 세워둔 차를 찾아 주변을 빙빙 돌기도 하고
내비게이션 없이는 운전도 할 수 없는 방향치가 된다

편안해지고 있지만 평안하지는 않고
부유하지만 여유롭지는 않고
카톡 친구는 천 명이 넘지만 마음 나눌 이는 적고
아는 건 많아도 소중한 건 보이지 않고
바쁘게 살지만 영혼은 더 메말라 간다

일어설 때라는 걸 몸이 먼저 알아차린다
서둘러 정리하라고 늦장 부리다가
정신없이 떠나지 말라고

악착스럽게 붙잡고 있는 것들 어떻게 놓고 갈까나
이 환한 봄날은 또 얼마나 더 볼 수 있을까

그래 내일 갈지라도 오늘은 희망을 품자
내일 일은 꿈에서 마저 생각하고
오늘만은 멋지게 살자 봄 햇살처럼

벚꽃

소리 없이 일주일이 지고 있다
꽃잎 속에 들여놓은 어둠도 연분홍에 섞여 날려간다
나무는 벚꽃을 위해 일 년 동안
캄캄한 땅속에서 꽃을 모았을 것이다
저 꽃 빛이야말로 영혼의 기척이다
가장 아름다웠던 때를 재연하는 영화다

내 손바닥에 내려앉는 은빛 날개를 들여다본다
우리가 꽃길을 걷는 것이 아니라
꽃들이 우리 속을 걸어 나간거라고,
사랑이 불현듯 찾아오듯
벚꽃도 어느 순간을 기다려 영원처럼 핀다

보름이 지나면 꿈인양 흔적도 없이 사라질지라도
내 그리움은 또 일 년을 일주하리라
꽃이 떠난 자리 연초록 물결이 다시 일렁이면
나무는 그날을 추억하기 위해
나이테 릴을 다시 되감고 있을 것이다

2부
비, 신록 위에 내리는 시

칡넝쿨

가닿을 틈만 있으면 손을 뻗는다
부드러운 걸음으로 다가와
나무는 몸을 허락한다

이때부터 본색을 드러낸다
마디마디 숨통을 조이며
나무를 볼모 삼아 억센 줄기로
칭칭 동여맨다

끝내
제 것인 양 당당하게 칡덩굴 숲을 이룬다
둘러봐도
자리를 내준 나무는 보이지 않는다

그날 직장 단합대회 갔다
산에서 내려오다 발목이 삐었을 때
소용히 다가와 나를 부축해서 내려온 그 사람
사랑이라는 나무로 동여매더니
평생 숨막히는 삶을 살게 한
나의 칡넝쿨이었는지도 모른다

차茶

다포를 깔고
다구를 늘어놓으며
다관의 물 끓는 소리 듣노라면
부대껴왔던 하루가 찻물에 말갛게 씻긴다

찻잔 속 다색에 젖어든
구름 한 조각 바람 한 자락
공손히 찻잔을 받쳐든 채
곱게 우러난 차 향기에 취해
지그시 눈을 감는다

빈 잔에 담긴 작설차 몇 올
메마른 차의 혀가 풀리고
찻물이 서서히 번져 마음을 데운다

차의 오공五功과 육덕六德 칠효七效를 아는 자
청풍이 옷깃에서 일어난다 했던가

낙엽 진 뜨락
달빛이 그윽하게 담기고 있다

새끼손가락

미닫이문에 새끼손가락이 꽉 물렸다
금세 파랗게 멍이 부어올라
서둘리 연고를 바르고 상처를 달랬지민
통증은 내 꿈속까지 따라왔다

다음날 병원에 가서 보니 뼈에 금이 가
결국 지지대와 붕대를 감고 돌아왔다

열 개의 손가락 중에 하나가 탈이 났는데
온몸이 불편했다
작은 나사 하나가 빠지면 기계도
그 자리에 멈추는 것처럼
하찮은 것도 서로 의지하며 하나가 되는 거였다

지지대가 된 손바닥처럼
나 또한 누구의 버팀목이 되어 준 적 있었을까
통증은 또 하나의 반성을 가져다주었다

북

평생 북을 만들다 북으로 간 남자가 있다
나무를 깎아 북통을 짜고
소가죽 팽팽하게 펴 무두질하고
석 달 동안 가죽을 말렸다
질긴 소의 엉덩이 가죽으로 북을 덮고
가죽끈으로 묶어 마무리했다

울림이 손끝 타고 심장에 전해져야
북 하나가 완성되었다
굳은살 박인 손이
음을 잡는 그의 귀였다

한때 그는 북채로 부인을 때렸던 사람이었다
노름꾼 아버지에게 이유 없이 매 맞던
강박감이 울림판처럼 따라다녔다

그래서일까 울분 삭인 법고를 한 번 치면
불상 향로 촛대의 쇠붙이가 맑게 울렸다
그 휘몰아치는 소리에

딸아이 데리고 가출한 아내를
뒤돌아보지 못했다

남자가 만든 북을 사려고 멀리서도
사람들이 찾아 들었다
아내가 북녘 어딘가에 있더라는 소문도
그때 묻어왔다 얼마 뒤 그는
북 하나 둘러메고 사라졌다

비 오는 날이면 빈집에서
둥둥둥 북소리 울린다는 말이
바람결에 들렸다

6月의 얼굴

바람결에 깃발이 젖는다
현충일, 가슴에 묻은 이름들이
묵념처럼 일어나고
푸른 하늘 낮달마저
구름 사이에 훈장처럼 걸려 있다

달력의 스물다섯째 칸엔
잃어버린 고향의 냄새가
아직도 그늘에 스며 있다
슬픔은 오래된 흙벽처럼
숭숭한 구멍을 품은 지 오래

창밖엔 어느새 먹구름이 무거워지고
장마가 문턱을 적신다
습한 날씨처럼 들뜬 마음들 사이로
기억이 곰팡이꽃으로 피기도 하겠지만
볕 들면 순하게 말라갈 것이다

아이들은 반바지 입고 뛰어다니고
할머니는 고추장 장독대 뚜껑을 덮는다

삶은 늘 그렇게 살아지고
6월은 묵묵하다

어지러운 달력의 끝자락에서
우리는 다시 새순을 기다린다
흙내 나는 희망 하나,
비를 견디고 피어오를 내일을

장마의 서시
- 여름은 장마를 품어야 완성된다

먼 남쪽 바다의 열기가 기압골을 어루만질 무렵
여름은 푸른 잎맥들 사이에서 뜨거워지고 있었다

벼랑 끝에서 핀 해가 지평선 위로 여명을 드리우면
멀리 먹구름 아래로 장마가 천천히 밀려온다

마치 오래전부터 예정된 수순처럼
서로를 피하지 않는다
여름은 장마를 받아들이고 장마는 여름 속에 잠긴다

한바탕 쏟아지는 빗줄기는 단순한 물이 아니다
그것은 어떤 용서이며 기다림이고
잊힌 이름을 다시 부르는 기도다

그 사이 나무는 더 우거져 초록으로 팔월을 머금는다

그리고 비가 그치면
햇살과 나뭇잎과 아이들 물놀이가
다시 시작된다

그러니 피하려 하지 말자
이 계절의 슬픈 입맞춤을

여름과 장마는 서로 피할 수 없다
다만 섞이고 겹쳐 계절로 깊어갈 뿐이다
그것이 삶이라는 이름으로
우리에게 오는 방식이리니

연리지 사랑

숲길 한 모퉁이
두 나무가 서로 기대어 섰다
어쩌다 하나가 된 것인지
칼바람에 껍질이 벗겨져도
그 살결은 다정히 포개져 있다

처음에는 낯선 가지로 맞닿아 부딪다가
껍질이 밀려 나갔으리라
그렇게 드러난 두 나무의 속살이 엉겨
한 몸이 되었으니

햇살이 한쪽에서만 와도
두 나무로 스며들고
빗방울이 한쪽에서 떨어져도
서로의 뿌리를 적신다

사랑이란 어쩌면
나이면서도 너의 일부가 되는 일
눈부신 봄날에도 적막한 겨울에도
하늘을 함께 올려다보는 일

나무에게도 금실이 있다면
묶지 않고도 끝내 하나가 된
두 생의 이야기
숲은 이 서사를
빛과 그늘로 새길 것이다

저녁노을이 두 나무 사이에 안기면
가지들도 요람처럼 흔들린다
사랑은 채우는 것이 아니라
서로의 자리를 남겨두는 것임을

연리지 나무 앞에서
나를 돌아보는 것이다

텃밭과 코피노*

재개발지구 주택가
붉은 래커로 X 표시된 허물어진 담장 너머
텃밭에 채소가 파릇파릇 돋아나 있다

모두가 떠났어도
스스로 씨앗 떨구고 싹을 낸 채소들

텃밭이 되기 위해
잡초들도 꿋꿋하게 웃자라
제 영역을 지켜내는 중이다

필리핀 빈민가 코피노들
한국 아버지가 돌아오지 않자
필리핀 엄마는 아이를 버리고 어디론가 떠나버렸다
방치된 아이들
다시 데리러 올 거라고
아버지의 이름을 되뇌곤 한다

한국 아버지가 잊어버린 코피노들
잊어버린 건 이 세상* 어디에도 존재하지 않는다

텃밭 속에서 주인이 뿌린 씨앗 그대로
혈통을 이어가는 채소들,
내문 밖 작은 기적에도 고개를 쳐든나

비, 신록 위에 내리는 詩

산과 들에는 봄의 행간이 있다
묵은 계절의 갈피가 넘겨지고
새롭게 펼쳐지는 여백,
빗줄기의 운필이 능숙하게 이어진다

잎맥마다 번지는 연초록
그건 단순한 색이 아니라
뿌리에서 길어 올린 문장이다

비는 물이 아니다
구름의 사유가 번져 내는
한 줄 또 한 줄의 사색이다

돌 틈의 이름 없는 풀꽃들,
그 무명들이 또렷한 비유를 입고
존재의 어휘가 된다

나는 그 풍경 앞에
정독의 자세로 서 있다

지나온 시간들이 씻기며
내 안에서 신록의 은유로 번져간다

파문 속 번지는 잔상들,
비는 내리고 운율은 되살아난다
이렇듯 모든 서사의 끝엔
비로 쓰이는 언어가 있다

그것이 바로 시였음을 지금, 알겠다

주치의를 만나다

갑갑한 도시에 갇혀 빙빙 도는 삶
며칠째 가슴이 답답하다

병명을 찾지 못해
주머니에 넉넉한 시간을 챙겨 넣고
주치의가 사는 대숲으로 간다

싱싱한 숲의 냄새가 명약이다
주치의는 바람을 포장해서
내게 건네주며
맨발로 한 시간씩 흙길을 걸을 것
처방을 내린다

나무초리에 걸린 빛이 머리 위로 떨어지고
푸른 바람이 옷자락을 흔들며 지나간다

서로 숨을 바꿔 마시는 시간
대나무가 내뱉는 맑은 숨
가슴을 열고 내가 받아 마신다

한 줄기 스쳐 가는 바람에 숲은 작동되고
내 몸에 숨은 깊은 어둠과 그늘이 측정된다

초록에 물든 한나절
겹겹이 쌓인 세상이 지친 몸을 빠져나간다

혼자 걷는 숲, 이제
혼자가 아니다

숲은 나의 마지막 명의다

연꽃을 만나다

수천 년 시간이 만든 진흙밭
그 질척한 뻘을 딛고
줄기 끝에 꽃을 맺었구나
어느 마음이 연꽃에 앉은 것일까

꽃망울 터트리기 시작한 날
연못이 술렁거리고
나는 나이기 이전의 나인 것만 같아
멍하니 빗속에 서 있었지

사랑한다는 말도 못 하고
만나자는 기약도 없이 떠난
먼먼 과거의 순결이
꽃에 닿아,
비 오는 날이면 연잎 위에서
방울방울 눈물로 구르는 것인지

빗물에도 젖지 않는
아낌없는 사랑

모든 인연이 오늘에 와

향기로 넘치니

두 손 모아 꽃으로 핀다

통발처럼

물속에 묻어둔 하루가 있다
잡힐 듯 스치는 기억이
통발처럼 입을 벌리고 기다린다

시간이 물살 빠져나가듯이
바쁘게 살다가
소중한 것들을 놓쳤다고 느낄 때
무심히 지나친 줄 알았던
말 한마디 눈빛 하나가
물고기처럼 다시 끌어안는다

통발은 달빛 아래서
소리 없이 숨을 삼킨다
빠져나갈 수 없는 것들만
고요히 모여든다

후회는 가장 늦게 걸리는 물고기
그것이 몸을 비틀며 나를 흔들 때
나는 그것이 내가 만든 그물임을 안다

사랑도 원망도 다 지나간다고 믿었지만
통발은 여전히 깊은 밤 텅빈 나를 가둔다

통발을 거둬 올리는 아침
비린내 나는 진심 몇 마리 햇살에 올려 말리는 일

여름 바다에 가면

새파래서 시린 바다가 앞에 있다
백사장은 아직도 한여름 청춘인데
우리의 모래성은 파도에 쓸려 보이지 않는다
허무하게 스러져간 날들,
어느덧 첫사랑 무덤가에 쌓여 있다

쉬지 않고 뭍으로 달려오는 바다는
청춘의 시절 그 맥박처럼 힘차다
가난이 풍로風爐였던 때였다
병든 홀어머니 부양하며
야간학교 다닐 때 점화된 뜨거운 불씨 한 톨
첫사랑이었다

그늘 밑 꽃무릇처럼 홀로 고뇌하는 모습에 반해
수줍은 곁눈으로 다가갔던 사랑,
바람 스치듯 잡은 손에 평생을 걸었는데
딸아이 하나 남겨주고 이슬처럼 떠났다

맨발로 걷는 동안 바다가 함께 서성여 준다
포말이 그의 하얀 머리칼처럼 날린다

포도

검자줏빛 향기가
스무 살 여인 같다
한 알 입에 넣으면
입 안 가득
새콤한 바람이 일고
옹달샘이 고인다

농염하게 영그는 모습이
지극히 아리땁다

삶도 은반 위에 놓인
한때를 잊지 않는다
그 무르익은 날들을
발효된 기억으로 음미하면
행복에 흔흔히 취해
하루가 탐스러워진다

스무 살 여인이
홍조 띤
저녁 해에 들어 있다

손 안의 달
- 피난길에서 그리고 지금

어머니 손에서 빚어지던 작고 둥근 달 하나
그건 밥이 아니라 떠나온 북녘의 사랑이었다

땀 젖은 손등에서 쌀알이 떨어질까
눈치도 숨도 죽인 채
주먹보다 더 꼭 쥐었던 생의 한 조각

그날 들판엔 총성이 피었고
강을 건너던 발밑엔
고요한 울음이 묻혀 있었다

검은 김 한 장으로 감싸 밤하늘처럼 삼켜낸 고향
그 속엔 어머니의 입술이 담겨있었고
다시는 만질 수 없는 품이 숨어 있었다

이제는 여든의 손으로 주먹밥을 빚는다
조카 손에 쥐어 주며 그 시절의 달빛을 전한다

작고 단단한 이 모양 하나가
세월을 견디게 했고

말하지 않아도 시절을 알게 했다

떠나온 날의 사랑은 입 안에 남아
천천히 눈물처럼 씹힌다

지구 수족관

수족관이 깨지는 걸 본 적 있다
호텔 로비에 있던 원통이
금이 가기 시작하더니
어느 순간 펑 하는 폭발음과 함께
부서져 내렸다 한꺼번에 쏟아지는
물고기들, 순간을 유영하다가
바닥에서 꼬리를 퍼덕였다

지구도 거대한 수족관이 아닐까
곳곳에 서서히 금이 가서 지진이 번지고
전쟁으로 조각조각 패인다

튀르키예와 시리아에
원자폭탄 서른 두 개와 맞먹는 지진이 일어나
수많은 사람이 죽거나 잔해에 깔렸다
연일 포탄을 쏘아대는 우크라이나와 러시아,
모든 것들이 잿더미가 되어가고 있다

지구 안에서
열대어들처럼 몰려다니는 욕망들

언제 깨질지 위태위태하다

불안은 보이지 않고 만질 수도 없지만
거대한 균열을 막을 수 있는 건
인류의 마음뿐,
오늘도 미지의 시간이 유지 보수를 위해
지구를 살피고 있다

지금, 사랑을 생각하다

노금선 시집

지금, 사랑을 생각하다

노금선 시집

3부
꽃이 진다고 서러워하지 말자

가을 무도_{舞蹈}

가을이 치마끈을 풀어 놓자
넉넉한 산빛은 붉게 다시 여밉니다
오색 찬란한 빛이 황홀한 향연을 펼치듯
산자락을 물들입니다

서두르지 않고 도란거리며 흘러가는 계곡물 위로
단풍잎이 우아한 곡선을 그리면
계곡은 온통 나뭇잎들의 무도회장이 됩니다

산새들 지저귀는 소리가
감나무의 감들을 더 영글게 하고
이름 모를 풀벌레들은 저마다의 짝을 부르듯
소리를 높입니다
언뜻 조용해 보이는 산이지만
곳곳이 분주하게 가을을 만끽하고 있습니다

천년을 이어가며 흐르는 물소리가 계속 타이르며 따라옵니다
깊어 가는 가을 산에 는개가 내립니다
화려한 턴을 하던 잎들이 젖은 땅에 내려앉을 때
잿빛 커튼의 겨울이 천천히 막을 내리고 있습니다

못과 망치

저마다의 자리를 기다리는 작은 금속들,
그들은 벽과 벽 사이,
텅 빈 틈을 메우기 위해 태어난다
높이와 무게를 가늠하며
어딘가로 밀려드는 강한 손길,
그 손길은 어쩌면 위로이자 상처일지도

어떤 것은 순순히 스며들어
벽의 일부가 되고,
어떤 것은 끝내 저항하다
구부러져 구석에 내팽개쳐진다
그곳에서 녹이 슬어가며
자신의 존재를 천천히 잊어간다

틈과 틈을 잇는 연결은
언제나 보이지 않는 중심이 된다
견고함은 보이지 않는 아픔에서 비롯되고,
균형은 흔들림의 흔적 위에 서 있는 법

한 남자의 손길이 머물다 간 자리,
그 작은 충격의 파도는
시간의 흔적 속에 묻히지만
어느 틈엔가 남아버린 자국 하나는
쉽게 지워지지 않는다

은폐된 기호들

새벽녘 창밖 어른거리는 불빛들이
기호처럼 다가온다
복잡한 사물이 단순화될 때
안개는 우발적으로 실제를 누락시킨다

은폐된 불빛을 기억의 연결고리를 통해
조립해 본다
무엇을 끄집어낼지에 따라
호기심이 되고 모호에 머물기도 한다

가로등은 등 굽은 A
잠깐씩 스치는 헤드라이트는 눈이 부서 허둥대는 B
부주의 속에서 방향을 잃는 기호들

아파트는 큐브로 군집된 칸칸의 섬이다
모서리가 그러모아 쥔 전등
난파된 사람이 기슭에 있다

왜곡된 낮이 되어버린 변화가
끝없는 탐욕의 결정체처럼

네온사인이 단호하게 시간을 소모한다

보이는 세상에서 내가 본나는 섯은
그릇된 기억으로부터 끊임없이 나를 변주하는 일이다

기호가 다시 넘치는 아침이 오면
은폐는 다시 제자리로 돌아가고
서둘러 나온 거리에서
새로운 상징들이 타진된다

하얀 국화꽃

아무도 모르는 내일
그날 축제는 가면을 쓰고
그 숫자에 맞춰 젊은이들 얼굴에
밤 열 시가 씌워졌지
떼로 밀고 밀려가면서
밀어 밀어 노래까지 불렀어

건물도 거리도 골목도 덩달아 휩쓸려
무너지고 말았어

그 순간 검은 까마귀 떼가 나타나고
뒤이어 뛰어든 천사들이 가슴 누르며
숨 쉬라고 주문을 걸었지만
골목은 이미 정지된 슬픔으로 가득 찼어

끝내 벗겨진 신발들만
입과 입들의 소문으로 번져 나가
거미줄 같은 안테나에 걸려 집으로 배달되었고

그러자 진실이 가면을 찢고 나왔지
하얀 국화로 가득 채워진 그곳,

정적 속에서도 울음이
어디선가에서 끊임없이 새어 나왔어

복제 시대

도로변 배전함과 변압기에서 피카소가 걸어 나온다
모나리자의 미소가 46억 화소로 환하다

차가 후진하면 켜지는 '엘리제를 위하여'를 듣고
악보를 적던 베토벤이 고개를 든다

막걸리에 두부 전을 먹는데 벽에서
빨간 루즈의 마릴린 먼로가 내려다본다

복제가 원본을 사육하는 시대
거짓이 진실을 길들이고
짝퉁이 명품보다 명품 같아
어지러운 세상
마음만 먹으면 무엇이든 구할 수 있다

백 년 후에 깨어날 거라고
스스로 냉동이 된 사람도 있다
언젠가 나를 복제한 로봇이
나를 대신할 것이다

욕망이 빚어낸 끝없는 질주
복제는 진화한다
먼 미래가 오늘을 복제해
또 누군가의 꿈으로 유통시킬 것이다

서촌에서의 데이트

한 달 중 두 번의 토요일이 서촌에 가 있다
약속은 연인처럼 속삭이고
나는 어느새 턱을 괸 채 그를 기다린다

화덕에 갓 구운 피자에서 모락모락 피어오르는 김이
고소하게 미각을 깨운다
한 조각 떼어 입에 넣자 상큼하고 감미롭다
은은한 불빛 조명 아래 재즈가 흐르고
몇몇은 와인을 마시고 있다
구석 자리에 앉은 연인은
웃음 가득 행복이 넘치는 표정을 짓고 있다
바라만 봐도 위안이며 휴식이다

우린 한 달에 딱 두 번 만나
서촌에서 점심 먹고 서촌에서 커피 마시고
서촌 주변을 돌아다니다 헤어지는 독특한 데이트를 하지만
지루하다거나 단순하다는 생각은 들지 않는다

꼬불꼬불한 길 사이에 재미있는 가게와 카페, 갤러리
지난번에 지나쳤지만 매번 다른 감정이
우리의 눈을 반짝이게 한다

흘러가는 사람들 물결 속에 세상의 흐름을 읽고
서촌이 품은 한옥의 아름다움과
도심 한복판에서 옛것을 보는 정취에 빠진다

그가 들어오며 주문한다
달걀노른자에 그라나파다노 치즈를 잘 섞은 뒤
현미 누룽지를 곁들여 먹는 고소함,
풍미가 살아나는 프랑스와 한국 음식을 곁들여 시킨 뒤
곁에 와 앉는다
늘 새로운 맛을 찾아 주는 기대가 있기에
한 달에 두 번 있는 이곳의 데이트가 늘 설렌다

오늘도 어김없이 서촌 거리가 기다려 주었다

시인詩人은 시인是認해야 한다

아무도 읽어줄 것 같지 않은 시를 쓰면서
시를 앓는다
그걸 시인하지 못해서 배달되는
시집과 문예지들
나를 제대로 읽지 않고 책꽂이에 들어앉아 있다

세상에 왜 그렇게 시인이 많은지
너도나도 시인이라고 서로를 시인是認한다

시인이 살아서 죽은 사회가
다시 살 판이다

나도 시집 6권을 냈으니 줄잡아 400여 편을 쓴 셈,
하지만 내 시를 암송하는 것은 열 편도 되지 않는다
돌아보면 시들끼리의 넋두리여서
나의 세계관은 나를 늘어놓는데 급급했던 것 같다

잡다한 신변잡기가 저 스스로 고뇌하고 고민하다가
몇 개의 문장으로 나를 쥐고 흔들 때

파지가 나지 않는 컴퓨터에서는
마음이 구겨질 뿐이다

하루에도 수천 권씩 쏟아져 나오는 책의 아우성,
시인은 스스로를 돌이켜 봐야 한다
과연 시인詩人인가
시인是認할 수 있는가

유전의 법칙

머리에서 실눈이 날린다
소리 없이 지는 낙엽처럼
세월의 낙인처럼 허물을 벗고
시린 눈에도 선명하게 다가와
슬프게 웃는다

베개 깃에 매달려 한 올 한 올 집어내면
조금씩 허물어져 가는 빈약한 머리가 보인다
비누 냄새 가득한 저녁
한 옹큼씩 쓸려 나갈 때마다
나는 자꾸만 초라해지지

하얗게 바랜 세월을 꽁지머리에 돌돌 말아
비녀에 꽂고 다니시던 외할머니
숫없던 꽁지머리가 참 미웠다

정수리 환히 보여 늘 머릿수건을 쓰고
밭일 가시던 어머니
뽀글뽀끌 파마머리에도 가릴 수 없던

유전도 다정인가
오십도 안된 나이에 가발을 쓰면서
속절없이 지는 꽃실이 야속하기만 하다

꽃이 진다고 서러워하지 말자

꽃은 지기 위해 피는 것이다

바람에 흩날린 그 하루가
생의 가장 환한 순간이었음을
잎새 하나, 향기 하나가
조용히 증언하고 있다

가지 끝에서 놓아준 그리움은 흙으로 스며
다시 뿌리를 흔들고
지나간 사랑은 이름 없이도
내 안에서 피어 난다

나무는 매년 잊지 않고
같은 자리에 꽃을 올린다
사라진 것이 아니라 다시 돌아오는 것이다

그러니 우리도
스러짐을 배워야 한다
아름다움은 머무름이 아니라

떠남 속에 있음을
조용히 그러나 깊이 알아야 한다

꽃이 진다고 서러워하지 말자
그 서러움이
다시 사랑이 되는 날이 온다

그리워서 영화다

충북 상촌면 하도대리 골짜기 며칠 내린 비로
때마침 상영되는 물안개
나를 수용한 채 물 입자들을 부옇게 영사한다
계곡물이 우렁우렁 울리는 그 안
이북에 두고 온 고향이 보인다

방울 굴리는 듯한 산새들 소리 따라가면
유유히 흐르던 대동강물에서 어머니는 빨래하시고
우리는 멱감으며 물장구치며 놀고 있다
그 실루엣은 어느새
모기 쫓는 쑥의 흰 연기가 되어 피어오른다

짙은 물안개 속 보얗게 잠겨 있던 추억,
흐르는 계곡 물소리가 씻겨주는 것인지
붉어진 눈시울도 어릿거린다

내일 아침 햇살이 다시 하루를
탁 트이게 할 것이지만,
오늘 밤은 밤안개 따라
눈 감아야 보이는 고향길을 걸어가기로 한다

가을 숲에서 읽는다

가을 들녘이 한 편의 서정시다
노란 은행나무 뒤에서 빨갛게 행간을 이어가는 단풍나무,
짙푸른 하늘이 여백 되어 계절의 수사를 빛내고
깊어진 고요와 향기를 지니고 있는 운율도 두드러진다

바람에 지는 낙엽은 직유다
곱게 살다가 서럽지 않게 끝을 맞이하듯이
지는 석양에서 표현되고 있다

겸허하다는 건
고즈넉한 밤 소리 없이 오는 서리와 같아서
가을이면 더 깊이 읽혀 온다

가을은 그리움의 음보를 갖고 있어
그대를 낮게 읊조리면
지난날에 순응하며 동화되어 왔던 슬픔이
잠시 호흡에 들어선다

한편의 서정시가 내게 머물다 떠난다

어머니

슬픔이 여울을 지어
돌부리 같은 멍을 드러내놓고
급류가 되어 흐른 지 70여 년
회한과 후회만 남기고 갔습니다

며칠만 피난 갔다 다시 만나자던 약속의 말이
영원한 이별이 되어 구천을 맴돌고
한이 되어 사무칩니다

불러도 메아리로만 돌아오는 내 어머니
남편과 두 딸 생이별하고
북녘 하늘 그 어디서 어떻게 살다 가셨습니까

저는 남녘에서
낯선 새어머니의 눈치 속에서 자라나
사랑에 서투른 여인이 되었고
울다 지친 밤을 보내야 했습니다

팔순의 아버지
이산가족 상봉 뉴스 앞에서

아픔의 눈물이 깊은 주름 타고 흐릅니다

구름만 오고 가는 빈 들판 위로
목메도록 불러보는 어머니 어머니

하얗게 부서진 그리움 담아
임진강 나루 종이배에 흘려보냅니다

순간에 사는 사람

교통사고로 그는 갔다
서로 많이 싸우며 살다가 늦은 나이
이해하고 존중해 왔는데
말 한마디 남기지 못한 채 숨을 놓았다

어떻게 보냈는지 기억도 없고 슬프지도 않았다
걱정도 안 했고 우울하지도 않았다
그의 죽음이 도무지 실감되지 않았다
현실에 마비된 채 과거와 살았다

퇴근하면 들어올 사람이라 저녁을 준비해 놓았다
전화가 오면 그인 것 같아 서둘러 받았다

병원에선 내가 아무 이상 없다고 하는데
오랫동안 나를 앓고 있었다

슬픔이 슬퍼할 수 없도록 바쁘게 살면서도
텅 빈 집에 들어서면 눈물이 마중 나와 버렸다

그렇게 오 년이 지났다
주민센터에 일이 있어 들어가는데
맞은편에서 그가 걸어오는 것이 아닌가
서로 스칠 때
그였다가 그가 아니었다
그 사람처럼 보이는 순간
그 짧은 바람 이는 찰나에
필름 되감는 것처럼 시간이 흘렀다

그는 죽지 않고 아직도
나의 시간 안에 살고 있었다

산

산에 오른다는 건
오늘의 나를 숲에 입히는 일입니다
꽃이 지고 숲이 우거지고 젖어드는 계절마다
단풍 진 골짜기, 눈 내린 자리에
나는 있었고 떠났습니다

그것이 축복이고
기쁨이라면 내가 흙으로 스며들어도
아름다울 것입니다

언제부턴가
내가 산을 찾는 것이 아니라
산이 나를 부르는 듯합니다
비 오는 날도, 바람 부는 날도, 눈 내리는 날조차
산은 내 심장 박동을 들으며
비탈을 내어주고
숨이 가빠 오면
나무나 바위가 기댈 자리를 열어줍니다

가끔은 산이 나를 말리는 날도 있습니다
그런 날엔 폭우나 폭설이 내려
길도 숨고 정상도 구름에 가립니다

나는 산을 오릅니다
그러나 어느 순간 산이 나를 탑니다

춘벨라(chunbella)*

그대는 빛을 품은 여자
마음은 꽃보다 환하고
말 한마디에도 향기가 묻어납니다
춘(chun),
봄은 그대의 숨결입니다

하루가 길고 긴 날
그대는 미소 하나로 저녁이 되고
사랑에 지친 이에게는
말없이 건네는 안식이 됩니다

마음이 넉넉한 것도 부유입니다
생각의 값이란 또 얼마나 귀한 것입니까
그러니 부유하다는 건
단지 재물의 여유가 아니라
누군가를 채우고 나누는 능력이라는 걸
나는 그대에게서 알아갑니다

그대는 빛을 건네주는 사람
머금기보다는 스며내는 사람

나는 그대의 눈빛에서
사랑의 깊이를 봅니다

맑은 날에도 비바람 부는 날에도
나는 기도 할 것입니다
그대가 오래도록 반짝이기를
사랑과 존경으로 오래오래 행복하도록
춘벨라
당신을 사랑합니다

* 벨라(bella): 이태리어로 '아름다운'을 의미.

휘파람을 불자

길을 걷다 문득
삶이 내 어깨에 기대어
조용히 울고 있는 날이 있다

그럴 땐 휘파람을 불자
말보다 앞서가는 소리
눈물보다 먼저 피어나는 숨결
휘파람은
침묵의 끝에서 터지는 작은 기도다

아무도 듣지 못한 마음의 골목
세상 끝 벼랑에 핀 들꽃에게
그 작은 소리가 봄이 되어 다가간다

고요한 상처를 지나
내가 나에게 건네는 인사
그러니 휘파람을 불자
숨을 불어 넣듯
슬픔 속으로 빛 한 줄기 흘러가게

4부
산에게 묻다

천년의 사랑

신라를 거쳐 조선 오백 년을 지나
천년 고찰 영국사를 지켜 온
천태산 은행나무는
내 어머니 그 어머니의 오랜 뿌리다
산천이 변했어도
역사의 뿌리는 이곳에 있다

유배지가 된 듯 적막강산에
천년을 지켜 온 당신
도시에서 살다 덧없을 때 돌아오면
우람한 팔 벌려 반겨주는
오롯한 기다림이다

나무마다 온몸에 새겨진 살아낸 기록
천년의 침묵 앞에
시를 쓰는 것조차 부끄러워
공손히 두 손 모으고 합장한다

환승

지구라는 환승역에 70억 명이 붐비고 있다
저마다 운명이라는 노선을 쥔 채
몸을 앞세워 줄지어 서 있다
노인의 등 뒤로 어둠이 머물러 있고
먼 아파트 불빛만이 가물 거린다

오래된 돌담이 쉽게 무너지지 않듯이
바닥을 치는 삶일지라도
제 몫의 무게를 지고 어디론가 가는 사람들

늦저녁 끼니도 거른 채 전철에 앉아
졸고 있는 노인 앞으로
술에 취한 50대 남자가 비틀거리며 다가와 선다
그 역시 시간에게 시달려
어깨가 한쪽으로 쏠려 있다
술 냄새에 깬 노인, 한때의 자신과 만난 것처럼
눈을 떼지 못하더니
자리를 양보하고 다른 칸으로 건너간다

운명도 갈아타기 위해 내려야 하는 걸까
다음 역이 다가오는데 다시 돌아가고픈
하루가 긴 통로에서 갇히고 만다
잠깐 쏟아지는 차내 방송
앞차를 먼저 보내는 관계로…
방송이 또 한 사람을 환승시키고 있다

착시 현상

사물이 흐릿하게 보이거나
이중으로 겹쳐 보일 때가 있다
가까이 확인하려다
섬짓한 느낌이 들기도 한다

보는 것이 믿는 것에 이를 때
착시는 내가 두려워하거나 그리워하는 것을
겹쳐 입는다 보이는 게 다가 아니라는 듯

교통사고로 가신 아버지를 산에 모시고 돌아온 날
안방 문 열고 들어서는데
벽에 걸린 옷이 아버지로 보여 한참을 울었다

처음 찾아간 곳이 언젠가 왔던 곳으로 여겨지고
때론 익숙한 곳도 낯설게 보인다

자동차로 달리는 어두운 시골길
뭔가 불쑥 튀어나와 피하려다
가로수를 들이받았는데
바람에 나뭇가지가 떨어진 것이었다

멀리서 걸어오는 낯선 이가
첫사랑 애인으로 보여
우두거니 서서 한참을 바라보았을 때의
끝까지 믿고 싶었던 착시

나는 또 어느 누구에게 착시로 나타날까
안경이 있어도 가끔은 쓰지 않고 걷는다

마음 충전

두어 달 만에 시골집을 갔다
현관 열고 들어가려고
비밀번호를 눌렀는데 열리지 않는다
건전지가 방전된 걸까

차 안에 있는 비상 건전지를 가져다
충전을 해도 자물쇠가 돌아가지 않는다
배터리가 다 돼서 그런가 싶어
급히 슈퍼에서 사 온 걸로 해도 안 열린다
머릿속 기억을 열어 번호를 확인해도 틀림이 없다

행여 숫자를 잊어버릴까 봐
모든 것을 아파트 비밀번호로 맞춰 놓았는데
난감하다 무엇이 잘못된 걸까

늦게 도착하기로 한 아들한테 전화를 했다
아차 그랬었지
지난번에 문이 열려있었다는 이웃의 말을 듣고
아들 집 비밀번호로 바꾸기로 했던 걸
까마득히 잊고 있었으니

활짝 열린 집 안으로 들어가
소파에 등 기대고 있는데
고즈넉한 창밖 풍경이 플러그인 듯
내 마음 배터리에도 충전이 시작된다

지인의 전화번호, 손주의 생일…
속속 숫자로 생동해 온다

상태를 확인할 수 있는 표시 창이 있다면
100% 충전 완료다

산에게 묻다

산은 말이 없다
그러나 매일 새벽마다 대답을 들었다
숨소리 같은 바람
바위에 고인 침묵
이끼 위를 걷는 햇살

나는 내게 묻는 법을 잊고
세상에만 물으며 살아왔지만
산은 내가 잊은 질문들을
되묻지 않고 품고 있었다

산은 높지 않았다
다만 낮은 것을 오래 안고 있었을 뿐
수많은 뿌리들이 서로를 기다리는 동안
언어는 돌이 되었고
시간은 흙이 되었다

오르다 보면
끝내 올라서지 못한 어떤 마음이
정상에 먼저 도착해 내려다보고 있었다

산은 그저 거기 있었다
내가 왔다는 사실조차 중요하지 않은 듯
내게 등을 내이주며 서 있었디

나는 배웠다
살아 있는 것은 움직이는 것이 아니라
묵묵히 견디는 것임을

닥종이 공예가

햇 닥나무도 11월이 되면 제 몸을 벗어
결 고운 살결로 다시 태어날 줄 안다
닥나무를 겹겹이 쌓아 올린 뒤 증기로 숨을 불어넣으면
검은 낯을 벗고, 푸른 살을 지나
마침내 맑은 속살이 드러난다

닥 죽을 물에 넣고 수십 번을 휘저으며
나는 꿈을 꾼다
미지의 공간에서 마주할 나의 다른 몸을

체로 떠낸 다음 다시 스펀지로 물기를 짜내고
누르고 두들기기를 반복하다 보면
늙은이 피부처럼 주름지고 늘어진 형태가 나온다
마치 죽음을 거둬내고 검버섯을 닦아낸 것처럼

이것은 꿈에서 만난 듯한 뭉그러진 모습이기도 하다
한지는 점점 스스로의 형태를 찾아가고
머문 자리마다 사라질 무늬를 남긴다

한 번도 마주한 적 없는 풍경이
하나씩 떠져서 틀에서 드러날 때
심승의 살가죽이었다가 물고기의 비늘이었다가
한 사람의 살갗이 희미하게 비춰진다

한지의 세계에서 질감이란 시간이 만져지는 방식이다

힘들고 어렵고 예측할 수 없어도
한지는 나를 빚어가고 있다

죽은 결이 풀리고 다시 엉겨
새로운 내가 되어도
끝내 지워지지 않는 고해叩解*가 있다

* 한지를 뜨기 위하여 닥나무 껍질을 물에 넣고 짓이기는 일.

고독한 아모르파트

아틀라스의 바위처럼 무거운 굴레
니체의 영원회귀 같은 날들이 계속된다면
삶은 나를 어깨로 받쳐줄 수 있을까

잔잔한 호숫가에 비친
낯설게 다가오는 알 수 없는 내 모습
원하던 것이 결국 아니었던 경험
진정한 나와
되고 싶은 나 사이에서
마주치는 당황과 실망의 기억들

브람스의 피아노 소나타 3번을 들으며
자유롭게 그러나 고독하게 아모르파티를 노래한다

신은 나에게 용서라는 선물을 준다
미움을 용서하게 되면
그 용서가 사람을 부른다고
그러니 미래를 용서하라고

마음의 감옥에 갇힌 나를 풀어주고
용서가 주는 축복을 헤아려 보라고

말씀이 육신이 되어

당신은 언제나 무대의 아래편에 계셨습니다
낮은 자리에서 말씀보다 앞서 살아내는 설교를
하루에도 수없이 드렸지요
사람 위에 서지 않고 그 곁에
그 아래에 묵묵히 서 계셨기에
존경은 말없이 따라왔습니다

때로 사랑은 소리보다 느리게
빛보다 낮게 흐르지만
그래서 더 멀리 스며든다는 것을
당신은 삶으로 가르치셨습니다

장로들의 고개가 먼저 숙여지고
부목사들의 발끝이 그 길을 밟는 이유는
당신의 그림자가 늘 낮고 길기 때문입니다

대전에서 세종까지 말씀이 머무는 자리에
당신은 먼저 다녀오셨고
우리의 예배가

숨결처럼 깊어질 수 있었던 것은
당신의 침묵이 하나의 기도가 되어
언제나 그 자리에 있었기 때문입니다

당신 무릎 위에 쌓인 세월이
우리 믿음의 지붕이 되었음을 고백합니다
섬김으로 살아오신 목사님의 발자취가
우리 모두의 기도와 사랑이 되기를 바라며
감사와 존경을 담아 기도드립니다

딱 오늘만 참자

잠들기 전에 스마트폰을 본다
잠깐 본다는 게 새벽 세 시
순간의 재미가 심각한 중독이 됐다

SNS, 쇼핑, 게임, 유튜브에 중독되면
도파민이 많이 나오지만 결국은 뇌 손상으로
우울증 증세로 바뀐다고 한다

다시는 안 본다, 안 한다, 안 열어보겠다,
다짐하고 맹세까지 하지만
딱 한 번만으로 다시 시작되는 증후

결별하자
고통이 오면 고통에게 괴로움을 떼주고
다시 고통이 오면 몸을 떼주고
또다시 고통이 오면 줄 게 없다는 걸 받아들이자

유혹이 꾀어내는 말, 딱 한 번을
딱 오늘만 참자로 부추겨보자

그러다 보면 소소한 것들이 다가와
자극 없이도 즐거워지리라

오늘 밤은 잠들기 전에 기도가 먼저 와 나를 본다

겨울 산행

겨울 산이 길을 내준다
무성한 잎에 가려 보이지 않던 안쪽까지
걷다 보니 나를 가뒀던 겹겹 옷이 갑갑해진다

나무는 잔가지 모조리 뻗어
뿌리의 신념을 넓게 채워주려 했을 것인데
어쩌자고 이 겨울에는 모두 내려놓은 것인지,
나도 이 초연한 행보를 따르고 싶다

어느덧 눈송이들이 하얗게 날린다
서둘러 하산하다가
꽃보다 아름다운 설화에 붙들리고 말았다
어린 나뭇가지에서 은빛 햇볕 털며
날아오르는 새 한 마리,
시골집 지붕 너머로 설경을 끌어간다

모락모락 피어오르는 굴뚝 연기도
오늘만은 당신이 잘 있다는 소식이려니

겨울이 봄을 기다리면서 외롭지 않은 것처럼
나도 그리움 뚝뚝 분질러 마음을 지펴본다

숨을 크게 내쉰다
입김이 한 바퀴 휘돌다 사라지고
새 공기가 내 안에 들어선다

어머니의 콩비지

겨울이 되면 어머니는 콩비지를 만드셨다
메주콩을 불리고 맷돌에 갈아
돼지 뼈와 시래기를 넣고 오래오래 끓이면
가마솥 가득 노란 기름이 자르르 뜬 콩비지가 되었다
김장 김치에 얼음이 동동 뜬 동치미
거기에 양념 장 곁들이면 며칠 반찬 걱정은 없었다

이북에서 피난 나온 우리 부모님들은
여름엔 냉면 가을엔 녹두빈대떡
겨울엔 만두와 콩비지를 즐겨 드셨다

무쇠솥 걸고 아궁이 장작불로 끓인 콩비지
세월이 흘러 맷돌 대신 믹서기에 콩을 갈아
가스 불로 끓인 콩비지는
옛날 어머님의 그 손맛이 나지 않는다

연鳶

한줄기 신기루가 창공을 난다
그 너머까지 액을 보내면
복이 되어 일레에 깅겨 온다지

정월 대보름
하늘은 소박해져서
닿아오는 소원에게 지극해진다
행복이 일천 삼백 년 전부터 감실거렸다는 걸
줄줄이 올라오는 연들은 알고 있다

해운대 백사장에서 날아오른 연이
신라시대 불붙은 허수아비가 되어
풀었다 감았다 놓았다 다시 조여지고 있다

연은 연緣을 놓지 않는다

먼 날의 기대를
높이 띄워 놓고
모처럼 허리 젖히고
겨울바람과 맞선다

지금, 사랑을 생각하다

나는 이제 사랑이 무엇인지
너무 많이 알아버린 나이
설렘보다는 망설임이 가슴을 먼저 두드리고
마음보다 생각이 앞서는 시절이 되었다

몸은 녹슨 고물처럼 느려졌고
거울 속 내 모습엔
예전의 나는 보이지 않지만
그럼에도 불구하고
어느 날
불쑥 스머드는 따뜻한 눈빛 하나에
내 마음은 아직도 소리 없이 젖는다

사랑은
이해와 조건 너머의 일이라고 머리는 말하지만
가슴은 여전히 누군가의 손길을 그리워한다
나는 사랑을 잃어버린 것이 아니라
조용히 간직하고 있을 뿐이다

꽃이 피려는 봄 언덕처럼 따뜻하고
설레이는 감성으로 가득 차 있어
언세라도 꺼내 볼 수 있는 늦봄의 편지처럼
그리고 어느 황혼녘의 별빛처럼
사랑은 지금도 내 안에 살아있다
실천하지 못할 뿐이다

새 날

또 일 년이 걸어왔다
세밑에서 뒤돌아보면
기쁨과 슬픔을 나누며 같이했던 사람들
내게 밝은 길이 되어주었다
그렇다면 나는 저들에게 어떤 앞날이었을까

잊히고 사라지는 것들이
노을빛처럼 아련해지는 계절
이제 막막한 날들에서 홀로 떠 있다 보니
시간은 그저 항해하는 돛만 같다

나는 누구인가
답을 찾지 못한 채 또 한 살이 오고
그 무게에 후회를 싣는다

삶이 무거운 짐이라고 생각되면
내려놓아야 한다
내려놓고 비우고 살면
어느덧 세상으로부터 자유로워 지리니

새해가 오고 있다
내 작은 범선을 새날 위에 띄운다

창밖에 내리는 눈을 보며

창밖엔 고요히 눈이 내리고 있습니다
세상은 말없이 흰 종이가 되고
오래된 기억도
소리 없이 덮입니다
간간이 무성 영화처럼
사람들이 걸어가고 걸어오는 모습이
꿈처럼 느껴집니다

쌓이는 눈발이 발자국을 지우고
마음의 골짜기도 하얗게 덮어줍니다

커피잔 위로 피어오른 김처럼
그리움 하나 내 안에 스며오고
기다림 같은 생각이
천천히, 아주 천천히
가슴에 내려앉습니다

그대도 어디선가
이 눈을 바라보고 있을까요
첫눈 오면 만나자던 사람

어디서 무얼하고 있는지 알 수 없는데
우리가 함께 걸었던 그 언덕길에도
하염없이 조용히 눈이 내리고 있습니다

이 눈이 그치면 세상이 다시 시들고
일상은 또 무거워지겠지만
지금 이 순간만은
눈꽃처럼 가벼운 마음으로
하얀 풍경 가슴에 담고 싶습니다

겨울나무

흘러간 것들은 다시 돌아오지 않습니다
구름
강물
그리고 사랑도
떠나간 자리마다
새로운 숨결이 조용히 피어납니다

영원히 돌아오지 않는 것
그 덧없음 속엔
기막힌 아름다움이 있습니다

그대여
그대와 내가
이 세상 인연으로
다 하지 못할 사랑이라면
우리, 겨울나무가 되면 좋겠습니다

백설 흩날리는 동짓달
찬바람 감도는 달빛 아래서

묵언의 흔들리는 나무가 되어
서로의 꿈이 되어 준다면

말없이, 그러나 깊이
뿌리 아래 스며드는
영원의 숨결 속에
봄을 입혀 꽃을 틔우는
아름다운 생명으로
다시 태어나고 싶습니다

오래 묵은 장맛 같은 친구에게
- 팔순을 맞이하면서

우정도 발효되는 거라면 그리움이 효모겠구나
이 세상에 하나뿐인 너의 이름을 불러보면
가슴 깊은 곳에서 추억이 꽃잎처럼 흩날린다

고교 시절 긴 밤 새우며 나누던 이야기들
서로의 눈동자에서 미래의 꿈들을 읽었지

그 긴 시간 건너
이제 우리는 팔순이 되었고
말하지 않아도 서로의 눈빛 하나로
모든 걸 아는 사이가 되었지

너의 아픔이 스며들었지만
나는 그 고통을 분해해 서로의 풍미로 숙성시킨다
같은 시대를 견디며 서로의 장맛이 되어준
그 오랜 세월을 어떻게 잊을 수 있겠니

비록 기운이 조금씩 쇠해 간다 해도
마음에는 언제나 봄이 우러날 거야

우리 함께 웃던 날들이 하늘의 별이 되면
너와 나는 나란히 별이 되어 다시 만나는 거야

고맙고 고맙다 살아서 함께 할 수 있어서
다시 시를 쓸 수 있어서,
그래 그러면서 희망을 띄우자

우리가 살아 있는
기적의 날들을 매일 감사하며
오래오래 깊은 맛을 누려가자

지금, 사랑을 생각하다

노금선 시집

지금, 사랑을 생각하다

노금선 시집

성찰省察과 깨달음의 시

도한호(시인, 국제펜한국본부 이사)

성찰省察과 깨달음의 시

도한호(시인, 국제펜한국본부 이사)

I. 시인에 대하여

노금선 시인은 일찍이 중앙대학교 문예창작학과를 졸업하고, 중원의 명문 한남대학교에서 시 창작을 연구해 문학박사 학위를 취득하고, 여러 권의 시집을 펴냈으며, 국제적으로 활동하는 시 낭송가이기도 하다.

시인은, 대전의 문예 출판사, 〈시외정신〉에서 『꽃멀미』(2012), 『그대 얼굴이 봄을 닮아서』(2015), 〈 이든북〉에서 『그래도 사랑』(2015)을 2020년에는 〈시외정신〉에서 시선집 『꽃이 걸어오자 산이 붉어진다』(2020)을 〈상상인〉에서 『기억 어디쯤 심어 놓은 나무』 그리고 〈등대지기〉에서 『나는 아직도 공사 중』 등을 펴내 주목을 받기도 했다.

노 시인과 필자와의 인연은 멀리 1950년대 말로 올라간다. 필자가 갓 대학에 입학해서, 6·25 전쟁 때 개성에서 월남해 중앙로에서 다방을 경영하던 집의 남매를 출장 지도할 때, 노시인(금선이)은 역시 평양에서 월남해 이웃에서 〈영광 라사〉를 경영하던 집의 따님으로 오면가면 알게 되었다. 노 시인과 도완석 시인은 그 무렵에 만나서 가장 오랜 인연을 가진 문학인이다.

제한된 지면에 굳이 "옛 만남"을 이야기하는 것은, 문학이 만남과 헤어짐과 그 과정에서 일어나는 예측불허의 사건들과 애증의 이야기이기 때문이다. 그때 만난 이 두 시인과의 재회에는 반세기라는 시간적 간격이 있었지만, 생각해 보면 그 공백은 문학의 길을 동행하기 위한 준비 기간 같이 생각된다.

노금선 시인은 대학에서부터 문예 창작을 전공해 문학박사에 이르기까지 시를 놓지 않은 시인이다. "시인은 무엇을 말하려고 시를 쓰는가, 바꾸어 말하면, 시인의 시는 무엇을 말하고 있는가?" 이 흥미로운 주제를 시인의 일곱 번째 시집을 중심으로 풀어 보고자 한다.

II. 시에 대하여

필자는, 시인이 보내온 예순네 편의 시를 받고, 천천히 읽은 후에 기억에 남는 시를 적어보았다. 시, 〈칡넝쿨〉과 시 〈못과 망치〉를 읽으면서 그것이 마치 무슨 생명체처럼 내 목을 조이고 가슴을 조여오는 것 같은 느낌을 받았다.

이 두 편의 시를 읽으면서 필자에게는 몇 가지 의문이 떠올랐다. 나는 생각의 범위를 '인연'이라는 주제에 제한하고, 이 두 편의 시가 말하는 칡넝쿨과 못이 시인의 삶에 우연히 등장한 만남을 말하는 것일까, 혹은 아무도 거역할 수 없는 운명이었을까, 하는 문제를 생각해 보기로 했다. 그런데, 필자의 이 질문에 대답이라도 하듯 시인은 그의 시, 〈칡넝쿨〉에서 외쳤다.

마디마디 숨통을 조이며
나무를 볼모 삼아 억센 줄기로
칭칭 동여맨다
끝내
제 것인 양 당당하게 칡덩굴 숲을 이룬다
둘러봐도
자리를 내준 나무는 보이지 않는다
-「칡넝쿨」 2연, 3연

시인은 참지 못한다. 시인을 옭아맨 것이 사랑이든 미움이든 정체를 밝혀야 했다. 그를 옭아맨 넝쿨은 바로 "그 사람"이었다. 다음의 인용이 "그 사람"의 정체를 밝혀준다. 시인의 생애에서 "그 사람"과의 만남은 우연일 수 없었다. 그것은 우연처럼 시작되었지만, 운명, 또는 그 이상의 무엇이었다. 시인은 4연에서 그것을 밝힌다.

그날 직장 단합대회 갔다
산에서 내려오다 발목이 삐었을 때
조용히 다가와 나를 부축해서 내려온 그 사람
사랑이라는 나무로 동여매더니
평생 숨막히는 삶을 살게 한
나의 칡넝쿨이었는지도 모른다
-「칡넝쿨」 4연

이어서 두 번째 시, <못과 망치>는 칡넝쿨의 역할과 정체를 밝혀준다. 그것은 따스하지 않고 다정하지도 않았다. 그러나 그것은 단호하게 대상을 파고들어 "보이지 않는 중심이 된다." 시인은, 칡넝쿨에 얽어 매인 자신과 망치로 두드리는 못에 견고하게 고착된 삶을 거부하지 않고 운명으로 받아들였다고 고백한다.

틈과 틈을 잇는 연결은
언제나 보이지 않는 중심이 된다.
견고함은 보이지 않는 아픔에서 비롯되고,
균형은 흔들림의 흔적 위에 서 있는 법.
　　　　　　　　　　　　-「못과 망치」4연

　다음으로 기억에 남는 작품은 시, 〈6월의 얼굴〉이었다. 이 시
는 시인이 현충일에 현충원에 가서 느낀 것으로 보이는데. 단순
해 보이는 싯구 속에 나라를 사랑하고 염려하는 시인의 애틋한 마
음이 그려져 있다.
　바람이 불고, 그 바람에 깃발이 젖고, 맑은 하늘에 먹구름이 몰
려오는가 싶더니 어느새 이른 장마가 시작된다. 시인은 나라를
걱정하며 범인이 보지 못하고 느끼지 못하는 것을 보고 탄식하고
있다. 그래서 시인은 선지자요 예언자라고 말한다.

바람결에 깃발이 젖는다
. . . .
창밖엔 어느새 먹구름이 무거워지고
장마가 문턱을 적신다
　　　　　　　　　　　　-「유월의 얼굴」부분

　하늘은 맑고, 아이들은 반바지 차림으로 풍선을 들고 즐겁게 뛰
어다니는데, 시인은 "바람에 젖는 깃발"과 무거운 먹구름과 예고
없이 다가오는 장마를 염려하고 있다. 선각자의 말 못 하는 근심
이다.
　다음에 생각나는 시 제목은 〈가을 숲에서 읽는다〉와 〈통발

처럼>이었다. <가을 숲에서>는 서정시의 표본같이 아름다운 시이다. 때맞추어 오고, 제때 가는 계절을 보면서도 떠날 때는 허전하고, 떠나간 것 같으면서도 머무는 것, 시인은 그것을 노래하고 있다. 근래 이렇게 아름다운 시를 읽은 적이 없는 것 같다. 무엇이든 주고 살 수 있으면 사고 싶은 시이다.

가을 들녘이 한 편의 서정시다
노란 은행나무 뒤에서 빨갛게 행간을 이어가는 단풍나무,
짙푸른 하늘이 여백 되어 계절의 수사를 빛내고
깊어진 고요와 향기를 지니고 있는 운율도 두드러진다

바람에 지는 낙엽은 직유다
곱게 살다가 서럽지 않게 끝을 맞이하듯이
지는 석양에서 표현되고 있다

겸허하다는 건
고즈넉한 밤, 소리 없이 오는 서리와 같아서
가을이면 더 깊이 읽혀 온다

가을은 그리움의 음보를 갖고 있어
그대를 낮게 읊조리면
지난날에 순응하며 동화되어 왔던 슬픔이
잠시 호흡에 들어선다

한 편의 서정시가 내게 머물다 떠난다
-「가을 숲에서 읽는다」 전체

다음으로 기억되는 시는 <통발처럼>이었다. 이 시는, 필자의 판단으로 말하건대 노금선 시인의 깊은 사색과 성찰의 가치를 보

여주는 최고의 작품으로 보인다. 이 시에는 은유와 직유, 상상과 현상, 마음의 졸보기와 돋보기가 모두 내장되어 있다. 수작이다.

물속에 묻어둔 하루가 있다
잡힐 듯 스치는 기억이
통발처럼 입을 벌리고 기다린다

시간이 물살 빠져나가듯이
바쁘게 살다가
소중한 것들을 놓쳤다고 느낄 때
무심히 지나친 줄 알았던
말 한마디 눈빛 하나가
물고기처럼 다시 끌어안는다

통발은 달빛 아래서
소리 없이 숨을 삼킨다
빠져나갈 수 없는 것들만
고요히 모여든다

후회는 가장 늦게 걸리는 물고기
그것이 몸을 비틀며 나를 흔들 때
나는 그것이 내가 만든 그물임을 안다

사랑도 원망도 다 지나간다고 믿었지만
통발은 여전히 깊은 밤 텅빈 나를 가둔다

통발을 거둬 올리는 아침
비린내 나는 진심 몇 마리 햇살에 올려 말리는 일

-「통발처럼」전체

III. 노금선 시에 나타난 몇 가지 주제

첫째로, 노 시인의 시에는 계절과 관련된 시가 많다. 〈여름 바다에 가면〉, 〈여름과 함께〉, 〈봄날은 간다〉, 〈가을 무도〉, 〈가을이 치마끈을 풀어놓자〉, 〈4월 들길에 서서〉와 〈3월이다〉 등이 있다. 그 중 〈가을 무도〉는 가을의 진풍경을 참으로 아름답게 그린 시이다. 그 둘째 연이 시의 주제를 말해준다.

> 서두르지 않고 도란거리며 흘러가는 계곡물 위로
> 단풍잎이 우아한 곡선을 그리면
> 계곡은 온통 나뭇잎들의 무도회장이 됩니다
>
> ―「가을 무도」 2연

둘째로, 시인은 사랑이라는 주제로 깊은 성찰의 시편을 많이 발표해왔다. 이 시집에서 사랑의 의미와 추억을 읊은 시로는, 〈오라 사랑아〉, 가는 유리잔에 백합을 기르는 여인의 사랑과 해방을 노래한 〈하나의 빛에 둘이〉, 고백처럼 사랑의 여백을 노래한 〈지금 사랑을 생각한다〉와 〈가을이 치마끈을 풀어놓자〉 등이 있다. 그 중 〈지금, 사랑을 생각하다〉의 끝 연을 인용하고자 한다.

> 꽃이 피려는 봄 언덕 처럼 따뜻하고
> 설레는 감성으로 가득 차 있어
> 언제라도 꺼내 볼 수 있는 늦봄의 편지처럼
> 그리고 어느 황혼 녘의 별빛처럼
> 사랑은 지금도 내 안에 살아있다
> 실천하지 못할 뿐이다
>
> ―「지금, 사랑을 생각하다」 4연

이 시는 노 시인의 고유한 고백이라기보다는 모든 여성, 모든 사람, 더 나아가 모든 생명체의 본능이라 할까, 존재 의미인데, 시인이 선언했을 뿐이다. 세상 사람은 누구나, 그것이 어떤 사랑이든, "사랑은 지금도 내 안에 살아 있다. [다만] 실천하지 못할 뿐이다" 하고 외쳐야 할 의무를 가진다.

셋째로, 이 시집에는 독자가 차분히 읽어야 할 수작이 많이 수록되었다. 모든 생명체의 피할 수 없는 종착역인 죽음에 대한 명상을 그린 〈하얀 국화꽃〉, 코피노의 슬픔과 문제점을 제기한 〈텃밭과 코피노〉, 명언 같은 수작 〈산에게 묻다〉, 결혼의 굴레를 그린 〈속절없이 피고 지는〉 및 문제작으로 보이는 〈환승〉, 〈착시 현상〉 등 단순한 개인의 감정과 이해득실을 초월해 성찰과 반성의 항목을 제시한 것으로 보이는 작품들이 면면이 들어차 있다.

그리고 이 시집의 마지막 페이지를 장식한 시, 〈봄 햇살처럼〉은 이렇게 말한다.

> 그래 내일 갈지라도 오늘은 희망을 품자
> 내일 일은 꿈에서나 생각하고
> 오늘은 멋지게 살자 봄 햇살처럼

내일 세상을 떠날지라도 오늘은 희망을 품고 멋지게 살자는 긍정의 미소를 보여준 시인에게 감사하며 붓을 놓는다. 시인의 여로에 따스한 봄 햇살이 비치기를!